SUBVENTIONS SPECIALES

ou

INDUSTRIELLES

PAR

L. FLORENT-LEFEBVRE

Avocat, membre du conseil général du Pas-de-Calais

PARIS

CHEZ MARESCQ AINÉ
RUE SOUFFLOT, 17

1866

SUBVENTIONS SPÉCIALES

OU

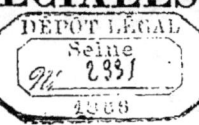

INDUSTRIELLES

PAR

L. FLORENT-LEFEBVRE

Avocat, membre du conseil général du Pas-de-Calais

PARIS

CHEZ MARESCQ AINÉ

RUE SOUFFLOT, 17

—

1866

V

39382

Paris. — Typ. de Ad. Lainé et J. Havard, rue des Saints-Pères, 19.

SUBVENTIONS SPÉCIALES

ou

INDUSTRIELLES.

(Article 14, loi du 21 mai 1836)

L'impôt des subventions spéciales, établi sur les exploitations et entreprises *industrielles*, repose, comme celui de la *prestation en nature*, exigé de tout habitant chef de famille (1), sur cette prétendue règle, à savoir « que chacun est tenu de contribuer aux dépenses de réparation des chemins vicinaux, en proportion, non pas de sa fortune, mais de l'intérêt qu'il peut avoir au bon état de viabilité de ces chemins, de l'usage qu'il est présumé en faire et des dégradations qu'il est supposé y apporter, en raison du nombre des personnes, ani-

---

(1) La prestation en nature a fait l'objet d'un premier travail que j'ai publié dans une brochure précédente, chez Marescq aîné, 17, rue Soufflot, Paris.

maux et voitures qu'il y fait circuler pour l'exploitation de son industrie. »

La pensée de cette imposition spéciale appartient à la loi du 28 juillet 1824, art. 7 (1). La loi du 21 mai 1836 l'a reproduite dans son article 14, en cherchant à lui donner plus de précision et de clarté. Mais, par les nombreuses difficultés d'interprétation que cette disposition a rencontrées dans l'application, on verra que le législateur de 1836 n'a pas été beaucoup plus heureux que celui de 1824.

Voici les termes dans lesquels s'exprime la loi nouvelle du 21 mai 1836 :

« Art. 14. Toutes les fois qu'un chemin vicinal, entretenu à l'état de viabilité par une commune, sera habituellement ou temporairement dégradé par des exploitations de mines, de carrières, de forêts, ou de toute entreprise industrielle appartenant à des particuliers, à des établissements publics, à la Couronne ou à l'État, il pourra y avoir lieu à imposer aux entrepreneurs ou propriétaires, suivant que l'exploitation ou les transports auront eu lieu pour les uns ou les autres, des subventions spéciales, dont la quotité sera proportionnée à la dégradation extraordinaire qui devra être attribuée aux exploitations.

« Ces subventions pourront, au choix des subventionnaires, être acquittées en argent ou en prestations en nature, et seront exclusivement affectées à ceux des chemins qui y auront donné lieu.

---

(1) Dont la disposition était ainsi conçue : « Toutes les fois qu'un chemin vicinal sera habituellement ou temporairement dégradé par des exploitations de mines, de carrières, de forêts, ou de toute autre entreprise industrielle, il pourra y avoir lieu à obliger les entrepreneurs ou propriétaires à des subventions particulières, lesquelles seront, sur la demande des communes, réglées par les conseils de préfecture, d'après des expertises contradictoires. »

« Elles seront réglées annuellement, sur la demande des communes, par les conseils de préfecture, après des expertises contradictoires, et recouvrées comme en matière de contributions directes.

« Les experts seront nommés suivant le mode déterminé par l'article 17 ci-après (1).

« Ces subventions pourront aussi être déterminées par abonnement : elles seront réglées, dans ce cas, par le préfet en conseil de préfecture. »

Comme les dispositions de la même loi relatives à la prestation en nature (2), cet article 14 doit disparaître de la législation sur la voirie vicinale.

Il est condamné par la raison d'équité et de justice, et par les principes de l'économie politique.

Il est condamné également par les difficultés, par les impossibilités d'application auxquelles il vient se heurter journellement.

Telles sont les deux propositions que je vais essayer de démontrer dans deux chapitres distincts.

----

(1) C'est-à-dire par deux experts, l'un nommé par le sous-préfet, l'autre par le propriétaire. Et, en cas de discord, par un tiers expert nommé par le conseil de préfecture.

(2) Voyez ma précédente brochure sur cette matière.

CHAPITRE PREMIER.

Dans mon précédent travail sur la prestation en nature, j'ai prouvé, avec tous les économistes, que la voirie des chemins communaux ou *vicinaux* touchait à l'*intérêt public* et général d'une manière aussi directe que la viabilité sur les *grandes routes*, nationales ou départementales.

Sur quoi repose, en effet, la distinction irrationnelle qu'on a établie entre les unes et les autres de ces voies de communication? Pourquoi avoir mis les frais d'établissement et d'entretien des chemins vicinaux à la charge personnelle de chacun des *habitants*, tandis que ces mêmes dépenses pour les grandes routes nationales sont à la charge exclusive de l'*État?*

Dans un pays comme la France, où l'unité politique et législative, où l'égalité de tous les citoyens sont les bases fondamentales de la constitution, le réseau de la viabilité publique ne doit-il pas former un faisceau *unique* et *complet* à ramifications innombrables, selon les besoins des différents groupes d'habitants, sans distinction des appellations diverses qu'on a bien voulu donner aux différents chemins?

Tous intéressent au même point, quoique d'une manière relative, la *prospérité publique* et générale, en facilitant les relations et les communications de tous les citoyens, et en reliant entre elles toutes les parties de l'Empire.

Et si, comme on l'a dit avec raison, la plus humble commune se trouve privée de ce bienfait, de ce moyen de civilisation et d'accroissement de prospérité, il y a dans ce cas une injustice nationale, une offense au principe d'égalité, que le Gouvernement doit s'empresser de réparer.

Telle est, selon moi, la notion véritable en matière de voirie et de régime de viabilité d'un pays.

L'assiette des subventions imposées sur les industriels procède, quoique sous un autre point de vue, de ce même oubli des règles de la justice et de l'équité.

On n'a été frappé, dans l'usage que les industriels font des chemins vicinaux, que des dégradations *extraordinaires* (c'est le terme employé par la loi) qu'ils occasionnent snr ces voies publiques pour les besoins de l'alimentation et de l'exploitation de leurs fabriques et usines.

Aux yeux du législateur irréfléchi de 1836, tout industriel, manufacturier ou fabricant est un *spéculateur heureux* qui, n'ayant d'autre mobile, dans l'entreprise à laquelle il s'est dévoué, que son intérêt personnel et le soin de sa fortune particulière, peut toujours être *largement imposé* pour le payement des frais d'entretien et de réparation des chemins vicinaux.

Que l'entreprise prospère ou non, que l'industriel y engloutisse toute sa fortune et celle de sa famille avec le travail de sa vie tout entière, peu importe. L'impôt des subventions spéciales ne le frappera pas moins avec son impitoyable rigueur !

Plusieurs anomalies, également contraires à l'équité, découlent de l'établissement et de l'application de cet impôt.

D'une part, est-ce une chose conforme à la plus simple justice, que de ne considérer, dans les immenses et merveilleux travaux de l'industrie, qu'une spéculation particulière? Est-il équitable de s'obstiner à ne voir que le côté *dommageable* pour les communes, de ne voir que les dégradations causées à leurs chemins vicinaux par l'exploitation des industries qu'elles ont le bonheur de posséder sur leur territoire? Par quelle étrange aberration ne pas considérer, à côté de ce mince préjudice, les *avantages inappréciables*, les sources de richesse, le surcroît de valeur pour toutes les propriétés environnantes, que les établissements et entreprises industriels répandent autour d'eux, souvent dans un rayon très-étendu?

Que d'exemples n'existent-ils pas, depuis un demi-siècle surtout, des merveilleux et féconds résultats enfantés par l'industrie et les manufactures de toute sorte !

Des transformations complètes se sont produites , des centres populeux, intelligents et actifs, se sont élevés sur beaucoup de points de l'Empire, là où il n'existait que de mornes habitations isolées. Sous la main féconde de l'industrie, la richesse, le bien-être, la civilisation ont succédé à la pauvreté, à la misère, à l'ignorance. Notre département du Pas-de-Calais, celui du Nord et beaucoup d'autres, en fournissent des exemples aussi éclatants que nombreux !

Est-ce que cette transformation opérée par l'industrie, et qui a donné le mouvement, le bien-être, la richesse à toutes les populations qui les environnent, n'a pas été, en même temps, un des instruments les plus féconds de la *prospérité publique*, un des moyens les plus puissants de la civilisation et de la grandeur nationale?

Rien n'est plus manifeste.

S'il en est ainsi, à qui donc doivent incomber, en retour, le devoir, l'obligation de compléter le réseau des voies publiques sans distinction, et de le maintenir sans cesse en bon état de viabilité?

A l'*État*, au *Gouvernement* auquel profitent, en sa qualité de représentant des intérêts généraux, tous les perfectionnements, toutes les améliorations produits et apportés par la puissante initiative de l'industrie.

D'ailleurs, est-ce que l'industrie, quels qu'en soient la nature, l'objet et les manifestations, n'est pas déjà grevée spécialement de charges très-lourdes au profit du Trésor public?

Il y a d'abord la contribution de la *patente*, dont le chiffre s'élève selon la nature et la classe de l'industrie.

La main du fisc frappe ensuite l'industrie dans son essor, dans toutes ses manifestations ou produits.

Ainsi, pour me servir de l'exemple qu'on a fait valoir devant le Corps législatif, séance du 13 juin 1865 (1), prenons UN *hectare* de

_____

(1) M. le marquis d'Havrincourt, dont je reproduis la thèse plus loin.

terrain ; il sera frappé, pour l'*impôt foncier*, d'une redevance annuelle de *dix* à *douze francs*, suivant la qualité des terres.

Maintenant, si l'industrie vient apporter, sur ce même hectare de terrain, sa féconde intervention ; si elle le plante en *betteraves*, par exemple, qui seront ultérieurement transformées en *sucre*, cet hectare donnera au Trésor public un revenu de *mille à onze cents francs*, d'après le tarif actuel des droits fiscaux imposés sur cette denrée alimentaire, indépendamment de la *patente* qui, pour une sucrerie, varie de 1,500 fr. à 2,000 fr. !!

Devant cette affirmation soutenue par M. le marquis d'Havrincourt, *le Moniteur* indique qu'une *interruption* s'est produite.

Mais l'orateur, persistant dans sa proposition, ajoute :

« Vous ne pouvez le croire, Messieurs, et cependant c'est exact. Les droits payés par le sucre et l'alcool produits par *un* hectare de betteraves s'élèvent à ce chiffre. Je prends l'engagement de le *prouver*. »

M. Vuitry, président du Conseil d'État, interrompant de nouveau l'orateur, a fait l'objection suivante :

« Ce n'est pas *sur* l'hectare dont vous parlez que pèsent ces impôts, c'est *sur ceux* qui *consomment* le sucre et l'alcool. »

C'est vrai, mais qu'importe. Ce n'est pas moins à la puissance de l'industrie, à sa féconde intervention, que le Trésor est redevable de cette merveilleuse augmentation de ses revenus, merveilleuse au point qu'elle *centuple* l'impôt porté ainsi de 10 fr. à 1,000 fr. par hectare ! L'observation de M. le président du Conseil d'État, loin d'être une objection, est donc un argument en faveur de ma thèse, et des légitimes réclamations contre l'impôt des subventions industrielles, contre la choquante anomalie d'un système qui, au lieu de ses rigueurs, de ses exigences fiscales, ne devrait environner l'industrie que de reconnaissance, de protection et d'encouragement.

Le législateur de 1836, qui comme on le verra plus loin, a dégrevé l'*agriculture* de l'impôt des subventions spéciales, quelles que soient les dégradations commises sur les chemins vicinaux par ses innombrables charrois, est donc tombé dans une méprise évidente en frappant l'industrie.

Agriculture et industrie sont, en effet, deux sources également fécondes dans lesquelles l'humanité vient puiser l'existence et l'activité. Ce sont deux sœurs intimement unies par une affinité nécessaire. Toutes deux méritent donc la même protection, les mêmes encouragements, ou, si l'on veut, la *même liberté* ou franchise, car toutes deux procèdent et ont un égal besoin l'une de l'autre.

En second lieu, il faut remarquer que, par suite d'une autre inégalité également choquante, l'impôt des subventions spéciales ne frappe pas, contrairement au principe en matière de contributions publiques, *tous* les industriels.

Les uns ont les ennuis, les vexations et les charges de l'impôt ; les autres en sont complétement exonérés.

D'où vient ce privilége, cette inégalité devant l'impôt? De la *situation, du siége* des établissements industriels. Ceux qui, établis à proximité des *routes* nationales ou départementales, se servent de ces voies publiques, toujours faciles et viables, ne sont assujettis à aucune subvention, quelque graves et profondes que soient les dégradations par eux causées, puisque l'ouverture et l'entretien des routes sont à la charge exclusive de l'État et des départements. Tandis que les industriels dont les établissements sont plus au centre des territoires, et qui sont obligés, pour leur exploitation, d'emprunter les chemins *vicinaux*, seront rigoureusement assujettis aux subventions spéciales et souvent d'une manière très-lourde pour leurs intérêts.

Ici, tout le monde le sent, non-seulement le principe de la justice se trouve offensé, mais les industries similaires qui, pouvant être très-voisines les unes des autres, ne se trouvent plus placées sur le même pied d'égalité, ne peuvent plus dès lors lutter par la *concurrence* naturelle et libre, qui forme la loi du commerce et de l'industrie modernes, puisque les unes ne sont assujetties à aucune subvention, quelque graves et profondes que soient les dégradations par elles commises sur les *routes*, tandis que les autres pourront en être surchargées par cela même qu'elles ont l'inconvénient, l'inégalité de ne pouvoir se servir que de *chemins vicinaux !*

De même, sur certaines *frontières*, par exemple sur celles du Nord, nos nationaux ne peuvent soutenir la concurrence avec les industriels *étrangers*, de Belgique, de Prusse et d'Allemagne, par la double raison, que, dans ces pays, non-seulement l'impôt des subventions spéciales n'existe pas, mais que les droits établis sur la fabrication des sucres et des alcools sont de beaucoup inférieurs à ceux qui sont perçus en France (1).

Cette iniquité de l'assiette des subventions industrielles et les anomalies qu'elle était appelée à produire sont tellement évidentes, qu'elles ont été pressenties et signalées dès l'origine, lors de la présentation et de la discussion de la loi de 1836 devant la Chambre des députés, par un membre de cette assemblée, par M. *Gauguier*, qui jouissait d'une réputation de franchise de parole pleine de justesse et de verve.

Et, par une coïncidence singulière, en 1865, devant le Corps législatif, les mêmes reproches et la même attaque ont été dirigés et reproduits contre la disposition de ce malencontreux article 14, par M. *Josseau* et par M. le *marquis d'Havrincourt*, dont l'esprit positif et les opinions modérées sont en grande estime dans la chambre actuelle des députés (Corps législatif). C'est, selon moi, un enseignement précieux à recueillir, que de retracer ici les griefs dirigés, à trente ans de distance, contre cette même disposition.

Voici en quels termes M. Gauguier s'est exprimé dans la séance du 4 mars 1836 :

« Messieurs, en France, la liberté des communications est le droit, contrairement à celui de l'Angleterre, qui est fondé sur un système de péage; il est donc juste que, si tous les citoyens en jouissent librement, ils y contribuent également dans la proportion de leur fortune; car la prospérité générale répand ses bienfaits presque toujours dans la proportion de l'aisance de chacun; et les habitants des villes, comme ceux des campagnes, payeront les objets de leurs consommations à des prix inférieurs, par le bon état des chemins vicinaux.

« L'article 14 impose injustement aux propriétaires d'usines et entreprises industrielles des subventions extraordinaires pour l'entretien des chemins vicinaux; car alors on aurait dû, par la même raison, exiger pour celui des *routes royales* et départemen-

---

(1) C'est là encore une observation très-juste qui a été faite par M. le marquis d'Havrincourt, dans la même séance du Corps législatif du 13 juin 1865.

tales des *taxes des rouliers*, des *entrepreneurs de messageries* et autres particuliers qui les fréquentent avec des voitures; ce qui forcerait nécessairement à mettre des barrières sur les routes, ce que la loi fort libéralement n'a pas heureusement voulu.

« Si ces articles étaient adoptés, vous livreriez les industriels et entrepreneurs à *l'arbitraire* le plus révoltant des conseils de préfecture, malgré la garantie des expertises contradictoires; car je défierais les experts les plus habiles de pouvoir juger *équitablement* quelles sont les dégradations occasionnées sur les chemins par les voituriers qui transportent les matières premières et fabriquées des manufactures et autres entreprises.

« Au surplus, les transports des industriels et entrepreneurs ne sont généralement pas faits par des voituriers qui leur appartiennent, mais bien par des *cultivateurs*, dans les moments où ceux-ci ne peuvent occuper leurs chevaux aux travaux de l'agriculture, leur donnant ainsi une utilité qui tourne à leur profit comme à celui de la société.

« Il est incontestable que les établissements industriels dans nos campagnes sont pour leurs habitants une *source de prospérité*, par la circulation de beaucoup de capitaux qui sont distribués à de nombreux ouvriers occupés aux travaux de ces entreprises, qui donnent aux propriétés qui les avoisinent une *grande valeur* par le développement du travail et de la richesse.

« La loi a tellement reconnu l'importance d'encourager la création d'établissements nouveaux, qu'elle les exempte d'impôts pendant les trois premières années de leur fondation.

« Il vaudrait beaucoup mieux, si vous voulez que les fabricants et entrepreneurs dont les établissements sont dans les campagnes contribuent extraordinairement à la réparation des chemins vicinaux, augmenter leurs patentes, soit d'un cinquième, plus ou moins, pour cet objet, que de les exposer à l'arbitraire que je vous ai signalé plus haut.

« Je ferai de plus observer que les manufacturiers payent pour leurs établissements des impôts et patentes considérables. Si vous les augmentez encore par rapport aux chemins vicinaux, ils s'y soumettront; mais vous comprendrez facilement qu'ils seront obligés d'*ajouter aux prix* des objets qu'ils fabriquent toutes ces taxes, qui doivent nécessairement être payées par les *consommateurs ;* et alors il ne faut plus que nos économistes modernes soient étonnés de l'élévation des prix des marchandises, qui sont encore accrus depuis plusieurs années par une forte augmentation du salaire des ouvriers, ce dont nous ne nous plaignons pas; nous nous en félicitons même. Mais j'ai cru devoir appeler l'attention de la chambre sur ces faits, afin qu'elle soit moins surprise que les produits des industriels de France soient généralement plus chers que ceux de la plupart des autres nations de l'Europe.

« Je ferai remarquer encore que nos lois ont cette funeste tendance, c'est d'imposer beaucoup plus les citoyens qui se livrent aux carrières *laborieuses* comme l'agriculture, l'industrie et le commerce, que ceux qui vivent oisivement avec de la fortune, et font de l'économie politique la canne à la main. (Hilarité.)

« Je n'ai pas voulu entrer dans de plus grands détails sur cette question; il me semble que j'en ai dit assez pour vous faire comprendre la nécessité de rejeter l'article dont je viens de signaler les vices. » (*Moniteur* du 5 mars 1836.)

En 1865, les orateurs prénommés du Corps législatif ont saisi l'occasion de la discussion du budget général des dépenses, chapitre des subsides alloués à la voirie vicinale, pour reproduire les attaques contre l'article 14. Ils se sont principalement attachés, pour justifier la nécessité de l'abrogation de cette disposition, à faire ressortir les *contradictions*, les *difficultés*, les *anomalies* que cet article a soulevées, et rencontre encore tous les jours dans l'application.

A ce titre, leurs observations appartiennent au chapitre suivant, où je les reproduirai.

Toutefois, comme M. le marquis d'Havrincourt a attaqué l'article 14 dans son principe et dans son économie générale, je dois retracer ici le passage de son discours qui a trait à cette situation; il est ainsi conçu (séance du 13 juin 1865):

« En 1836, lorsqu'on a fait la loi sur les chemins vicinaux, tout était à faire, et on a pris des ressources partout où on en trouvait. Mais aujourd'hui la France ne peut être comparée, au point de vue de la viabilité, comme de toute autre chose, à ce qu'elle était en 1836. Nous avons fait depuis ce temps-là des progrès énormes.

« En regard de ces progrès et des besoins incessants de l'indus-

trie et de la concurrence que nous avons à soutenir avec l'industrie étrangère, je dis que les subventions industrielles constituent
dans beaucoup de circonstances une véritable *mesure de barbarie*.

« Est-il aujourd'hui nécessaire de conserver une mesure d'exception qui produit d'énormes anomalies dans l'application ?...

« Permettez-moi de vous donner quelques renseignements que
je tire du dernier compte-rendu quinquennal par M. le ministre
de l'intérieur sur l'état des chemins en France.

« Dix départements n'ont pas appliqué les subventions; soixante-
dix-sept les ont appliquées diversement et en ont tiré une ressource dont le total s'est élevé pour toute la France à 4,642,472 fr.;
sur cette somme totale, trois départements à eux seuls payent
1,565,258 fr., c'est-à-dire le tiers de toute la France : ce sont les
départements de l'Aisne, du Nord et du *Pas-de-Calais*. Ils ont
payé, savoir : l'Aisne, 449,992 fr.; le Nord, 453,885 fr.; le *Pas-de-
Calais*, 661,381 fr. Total : 1,565,258 fr. pour ces cinq années.

« C'est qu'il y a là une industrie vivace qui s'est répandue jusque dans le fond de nos campagnes, et qui est chargée d'une manière désastreuse par les subventions industrielles; et alors toutes
les anomalies se présentent là plus qu'ailleurs.

« Ainsi, vous le savez, la subvention n'est pas due sur les routes
impériales ni sur les routes départementales; mais que des industries viennent dans le fond de nos campagnes amener cette décen-
tralisation que vous appelez de tous vos vœux, apporter le travail,
la richesse dans les campagnes, et vivifier ces populations, ce sont
ces industries qui sont frappées d'une manière écrasante par une
législation qui, dans son application, ne laisse place qu'à l'arbitraire, malgré la bonne volonté de l'administration. . . . .

« Dans aucun pays de l'Europe il n'y a de subventions industrielles : il y a bien des droits de barrières, mais des droits de barrières que tout le monde paye, sans qu'aucune charge spéciale
grève aucune industrie. Il n'y a qu'en France que la subvention
industrielle existe contre l'industrie.

« Eh bien, je dis que dans l'état d'avancement de nos chemins,
en face de nos progrès industriels et de nos idées économiques,
c'est une *barbarie* que les subventions appliquées aux industries les
plus intéressantes. . . . . .

« Je demande donc que le Gouvernement et le Conseil d'État veuillent bien se préoccuper sérieusement des conséquences fâcheuses de l'article 14 de la loi du 21 mai 1836. »

Il faut espérer que cette interpellation au Gouvernement sera prise en considération, et qu'on verra bientôt disparaître de la législation vicinale tout à la fois et la prestation en nature, cet autre vestige de barbarie, et les subventions industrielles, cet impôt vexatoire pour une classe nombreuse de citoyens.

On peut l'espérer avec d'autant plus de confiance, que le ministre de l'intérieur aurait pris *l'engagement* de mettre ce sujet important à l'*étude*.

C'est ce qui résulte, en effet, de la déclaration suivante faite par M. Josseau devant le Corps législatif (séance du 13 juin 1865) :

« Je dois dire, pour compléter mon observation, qu'ayant signalé il y a quelques années cette question au ministère de l'intérieur, j'ai reçu la *promesse formelle* qu'elle serait sérieusement étudiée, et c'est parce qu'aucune solution ne lui a été donnée encore, que j'ai cru devoir la porter devant la Chambre » (*Moniteur* du 14 juin) (1).

---

(1) Le ministre d'État, M. Rouher, qui a pris la parole sur cette déclaration, n'a pas confirmé, il est vrai, l'assurance que le Gouvernement ferait droit à cette légitime réclamation. Aux yeux du ministre d'État, les anomalies, les inégalités signalées ne seraient que des *questions d'interprétation*, du domaine exclusif des tribunaux administratifs. — Une pareille réponse, en présence de la démonstration du vice radical qui frappe l'assiette des subventions spéciales et l'économie tout entière de l'article 14, ne peut être considérée que comme une fin de non recevoir irréfléchie, dans laquelle le Gouvernement ne persistera pas, au mépris des réclamations unanimes de l'opinion publique.

Au surplus, voici les paroles du ministre : « Il y a là des questions de fait, le Gouvernement les étudiera ; mais ne nous demandez pas des modifications législatives trop rapides, parce qu'elles font naître d'autres questions d'interprétation tout aussi difficiles à résoudre. »

CHAPITRE II.

———

Si, comme j'ai la conviction de l'avoir démontré, l'impôt des subventions sur l'industrie est réprouvé en principe par la raison et la justice, on va voir que sa condamnation est impérieusement prononcée également par les graves inconvénients, par les contradictions, les impossibilités d'application contre lesquels l'article 14 de la loi de 1836 vient se heurter.

Ces inégalités et ces inconséquences de la loi peuvent être rangées dans deux catégories principales. Elles se révèlent :

1° Dans la forme de procéder, de la part des agents des administrations ou municipalités, lorsqu'il s'agit de constater soit la viabilité des chemins dans leur état antérieur aux dégradations industrielles, soit la gravité relative des dégradations commises par chacune des nombreuses entreprises qui font usage des mêmes voies publiques simultanément, ou dans les mêmes saisons de l'année ;

2° Dans l'exception de faveur admise implicitement au profit de l'agriculture.

2

Je vais traiter cette matière en deux paragraphes.

§ 1ᵉʳ. — *Dans quelle forme procéder pour arriver à cons-*
tater tout à la fois et l'état de viabilité des chemins vici-
naux antérieur aux dégradations et la gravité relative
des dégradations commises par chacune des entreprises
industrielles faisant usage des mêmes voies publiques?
— Expertise. — Supputation du nombre des colliers de
chaque attelage. — Examen des règlements administratifs
publiés en vertu de l'article 21 de la loi de 1836. (Rè-
glement du 21 juillet 1854.)

Les diverses difficultés, je devrais dire les impossibilités d'application de l'article 14, en ce qui concerne le mode à suivre, le système à employer pour la constatation et la répartition des subventions spéciales, vont faire l'objet d'un examen distinct et séparé.
Je ne m'attacherai, toutefois, qu'aux difficultés les plus saillantes.
Autrement, il faudrait reprendre chacune des expressions de l'article; car toutes ont donné lieu à des interprétations.

État de viabilité des chemins vicinaux. — La loi porte : « Toutes
les fois qu'un chemin vicinal, *entretenu à l'état de viabilité* par
une commune, sera habituellement, ou temporairement dégradé
par des exploitations, etc., etc. »

Cette condition, d'être entretenu à l'*état de viabilité*, n'existait
pas dans la loi antérieure, celle du 28 juillet 1824.

On aperçoit et on comprend très-bien le motif qui l'a fait intro-
duire dans celle de 1836. D'après cette loi, en effet, l'entretien des
chemins vicinaux est une *charge des communes*. Si les chemins se
trouvent en mauvais état, s'ils sont impraticables au moment où
les entreprises industrielles commencent à s'en servir pour leur
exploitation, la commune n'a pas le droit de se plaindre des dégradations plus considérables qui y seraient occasionnées, puisqu'elle a manqué elle-même à son obligation, et que n'ayant fait
aucune dépense sur tel ou tel de ses chemins à l'effet de le main-

tenir en état de *viabilité*, elle est sans droit pour en demander la réparation à titre d'indemnité. Autrement, et comme on l'a fait très-bien remarquer lors de la discussion de la loi, voici ce qui pourrait arriver : une commune, calculant et comptant qu'à telle ou telle époque donnée, il y aura précisément une exploitation de forêts, de mines, carrières ou d'entreprise quelconque, laisserait ses chemins en *souffrance*, afin de se donner le droit de venir en imposer, plus tard, la réparation à la charge des industriels qui en auront fait usage pour leur exploitation.

La garantie de cette obligation des communes se trouvait confirmée, dans le *projet* de loi, par une disposition ainsi conçue :

« La quotité de la subvention sur les industriels ne pourra être exigée qu'autant que la commune *aura acquitté* la portion qui demeure *à sa charge*. » — Cette disposition semblait juste, en apparence.

Toutefois elle a été *retranchée* par la Chambre des pairs, avec l'assentiment de la commission, sur la proposition de M. Girod (de l'Ain), qui a dit : « Cette partie de l'article peut donner lieu à beaucoup de difficultés dans une matière qui en provoque déjà *bien assez* par elle-même. » (*Moniteur* du 5 mai 1836.)

Quelle était la pensée ou la portée de cette disposition, et comment pourrait-elle recevoir son application? La commune comprend tous les individus qui la composent, les industriels comme les autres habitants ; si tous ne sont pas astreints aux subventions spéciales, tous sont tenus à la *prestation en nature*, rachetable en argent. Or la disposition supprimée entendait-elle qu'on n'aurait pu exiger de celui qui a causé la dégradation extraordinaire sa part de réparation qu'autant que *tous* les prestataires auront fourni ou payé leurs journées de travail? On aperçoit les impossibilités d'application de ce texte, s'il eût été conservé... Et cependant, je le répète, la pensée de cette obligation était juste.

Il suffit donc, pour légitimer la réclamation des communes contre les industriels, de prouver que le chemin dégradé se trouvait à l'état de viabilité.

Si le motif de cette disposition se justifie facilement, il n'en est pas de même lorsqu'il s'agit d'en faire l'application, comme on va le voir par les difficultés qui se sont élevées sur ce point d'interprétation.

Et d'abord, que faut-il entendre par ces mots : « Chemin entretenu à l'*état de viabilité* ? »

Un chemin pourrait-il être réputé *praticable*, sans, pour cela, pouvoir être déclaré en *état de viabilité*, dans le sens de la loi ? Et, établissant une différence dans les deux situations, laquelle serait indiquée par le sens grammatical des deux expressions, pourrait-on en conclure que les exploitations industrielles auraient la faculté de dégrader à leur gré les chemins réputés seulement praticables, sans être jamais tenus à des subventions spéciales?

On répondra, je le sais, qu'il serait impossible de déterminer, par des *définitions* précises, ce que la loi entend par ces mots : chemin à l'*état de viabilité*; que c'est là une question d'appréciation du domaine souverain des tribunaux administratifs ; que la solution dépendra des circonstances, variables selon les lieux, les temps, les ressources des communes, les besoins de circulation et de mouvement de la localité, la plus ou moins grande solidité naturelle du sol, etc., etc.

Ainsi, dans telle localité, un simple *empierrement* ou un *macadam* sera réputé suffire pour les besoins rares et ordinaires de la commune, et pour faire considérer dès lors ses chemins comme étant en état de viabilité. Et cependant, dès les premiers parcours par les entreprises industrielles, ces mêmes chemins vont se trouver dégradés, défoncés de toutes parts.

Dans d'autres localités, où les besoins de circulation de la commune sont fréquents et actifs, les chemins vicinaux seront *pavés* ou exécutés à *double encaissement de pierres*, de manière à résister même à l'action des lourdes voitures employées ordinairement par les industriels.

La théorie d'appréciation souveraine abandonnée au juge est utile, je le reconnais, nécessaire même dans certains cas et pour certaines matières. Mais ici, où il s'agit d'une mesure *fiscale*, d'un impôt à établir sur une classe *particulière* de citoyens, livrer la solution de la question à la discrétion arbitraire du juge me paraît une règle dangereuse, pleine d'inconvénients. Premier défaut de la loi.

Constatation de la viabilité. — Comment et dans quelle forme doit-on procéder à la constatation de la viabilité des chemins ?

Avant d'aborder ce point délicat de la matière, sur lequel la loi ne porte aucune disposition, il est une question qu'il importe d'examiner ici, celle des *règlements administratifs* publiés pour l'exécution de la loi. Quelle est la portée de ces règlements et quelle est leur valeur? Cette appréciation préalable est nécessaire ici, pour éclairer la discussion qui va suivre.

Le législateur de 1836 n'est pas entré dans les *détails* d'exécution de la voirie vicinale; il en a confié le soin à l'autorité administrative par l'article 21 de la loi, qui est ainsi conçu :

« Dans l'année qui suivra la promulgation de la présente loi, chaque préfet fera, pour en assurer l'exécution, un règlement qui sera communiqué au conseil général, et transmis, avec ses observations, au ministre de l'intérieur, pour être approuvé, s'il y a lieu. — Ce règlement fixera, dans chaque département, le maximum de la largeur des chemins vicinaux; il fixera, en outre, les délais nécessaires à l'exécution de chaque mesure, les époques auxquelles les prestations en nature devront être faites, le mode de leur emploi ou de leur conversion en tâches, et statuera, en même temps, sur tout ce qui est relatif à la confection des rôles, à la comptabilité, aux adjudications et à leur forme, aux alignements, aux autorisations de construire le long des chemins, à l'écoulement des eaux, aux plantations, à l'élagage, aux fossés, à leur curage, et à tous *autres détails* de surveillance et de conservation. »

Les règlements administratifs publiés en vertu de cette disposition sont revêtus, il faut le remarquer, de la même autorité que la *loi*, pourvu qu'ils se renferment dans les termes et dans le cercle des mesures désignées par l'article 21 précité, puisqu'il y a *délégation légale* expresse de la part du législateur à l'autorité exécutive.

C'est aux *préfets*, sous l'*approbation du ministre de l'intérieur*, que l'article 21 attribue la confection des règlements destinés, dans chaque département, à pourvoir aux nombreux détails d'exécution mentionnés dans cet article.

Voici ce qui est arrivé dans cette circonstance; naturellement, chaque préfet a rédigé son règlement particulier d'après ses inspirations personnelles. Il en est résulté, sur des situations analogues, et qui devaient être soumises aux mêmes règles, une diversité qui produisait des inconvénients, des tiraillements fâcheux d'autorité, surtout dans les départements limitrophes.

Afin de remédier à un pareil état de choses, le ministre de l'intérieur jugea nécessaire de confectionner lui-même un règlement général, en date du 21 juillet 1854, applicable dans tous les départements, en remplacement des règlements particuliers publiés antérieurement par les préfets.

Dans la circulaire d'envoi de ce règlement général aux préfets, le ministre justifie l'utilité de la mesure de la manière suivante :

« Monsieur le préfet, le règlement sur les chemins vicinaux de
« votre département, dressé en exécution de l'article 21 de la loi du
« 21 mai 1836, contient diverses dispositions qui ne sont plus en
« harmonie avec la jurisprudence. Quelques chapitres de ce règle-
« ment m'ont également paru avoir besoin d'être retranchés ou
« complétés. J'ai pensé que, pour maintenir l'*unité de législation*,
« il était essentiel que tous les règlements fussent rédigés sur des
« *bases uniformes*. J'ai, en conséquence, l'honneur de vous adres-
« ser un *modèle* d'arrêté qui me paraît de nature à satisfaire toutes
« les exigences du service. — Je désire, monsieur le préfet, que
« vous prépariez un nouveau règlement conforme à ce modèle.
« Vous aurez soin de n'y apporter d'autres modifications que celles
« qui seraient *impérieusement* commandées par les habitudes des
« localités. Vous communiquerez ce règlement au conseil général
« de votre département, dans sa prochaine session, et vous le sou-
« mettrez à *mon approbation* immédiatement après la session, afin
« qu'il puisse être mis à exécution à partir du 1er janvier 1855. »

Ce règlement général, du 21 juillet 1854, est composé d'une série d'articles considérables, 391 dispositions.

Le *mode de constatation de la viabilité* des chemins vicinaux, dont je m'occupe en ce moment, y est nécessairement prévu. A la vérité, l'article 21 précité de la loi ne mentionnait pas cette mesure d'une manière expresse et dans une disposition spéciale ; mais il la comprend, sans nul doute, dans cette expression finale : « Et tous *autres détails* de surveillance et de *conservation*. »

Ceci retenu, revenons à notre question relative à la *forme* de procéder pour constater l'état de viabilité des chemins.

Cette constatation doit-elle être tout à la fois *préalable* aux dégradations, et faite *contradictoirement* entre les agents de la commune et les industriels, fabricants ou manufacturiers intéressés?

L'instruction ministérielle, contemporaine de la loi (24 juin 1836), se prononce formellement pour l'*affirmative* sur les deux propositions. Voici, en effet, les termes dans lesquels elle s'exprime à cet égard :

« Pour que la commune ait droit à indemnité, il faut donc que le chemin soit entretenu à l'état de viabilité, et dès lors il y a nécessité pour la commune de faire *avant tout* reconnaître et constater l'état de viabilité du chemin. Cette reconnaissance doit être faite *contradictoirement* entre les parties intéressées ; elle doit être faite *avant* le commencement de l'exploitation, s'il s'agit d'une exploitation temporaire ; elle doit être faite au commencement de chaque année, s'il s'agit d'une exploitation permanente... (1). »

Le règlement général prémentionné, du 21 juillet 1854, consacre la même règle dans ses articles 104, 105 et 106.

Ce mode de procéder par une constatation préalable et contradictoire, reconnu nécessaire par l'instruction ministérielle et le règlement général précités, était dicté par la raison et le plus simple bon sens. En effet, si la situation des chemins vicinaux n'est pas constatée contradictoirement *avant* la mise en circulation des voitures des industriels, comment pourra-t-on reconnaître plus tard quel était l'état de viabilité primitif des chemins pour le comparer à celui qui leur a été fait par les dégradations survenues? On ne pourrait y arriver qu'à l'aide de souvenirs, qu'au moyen du témoignage des hommes, preuves fugitives, fragiles et dépourvues de garantie, surtout dans une appréciation de la nature de celle dont il s'agit ici.

---

(1) L'instruction ministérielle entre ensuite dans le détail des formes à suivre. Si les parties intéressées, invitées par *écrit* à se rendre sur les lieux, tombent d'accord, un *procès-verbal* de la viabilité du chemin est dressé en double et signé. Si on ne peut tomber d'accord, ou si les industriels n'ont pas répondu à l'invitation, une *expertise* doit avoir lieu dans la forme tracée par l'article 17 de la loi de la matière. Dans l'un ou l'autre cas, le procès-verbal de la visite amiable des lieux, ou le rapport des experts, sera la base des droits de la commune pour le règlement ultérieur des indemnités qu'elle pourra réclamer.

Cependant, la jurisprudence du Conseil d'État, qui a été très-souvent appelé à se prononcer sur la question, l'a résolue dans ce dernier sens, contrairement à l'avis de l'instruction ministérielle et du règlement général de 1854.

« C'est ainsi qu'il a été jugé que la circonstance qu'un chemin « vicinal n'aurait pas été compris au tableau dressé et affiché en « exécution d'arrêtés préfectoraux, *ne fait pas obstacle* à ce que « la commune ait le droit de réclamer les subventions spéciales « pour dégradations extraordinaires, *si elle prouve* qu'avant ces « dégradations le chemin était en état de viabilité. »

J'ai relevé 12 décisions semblables du Conseil d'État, dans la période de 1846 à 1860.

Ici, circonstance à remarquer, dans ces différentes espèces, c'était des *communes* qui étaient demanderesses. Pour elles, d'après la jurisprudence du Conseil d'État, l'inobservation des formes établies par l'instruction ministérielle de 1836 et par le règlement général de 1854 ne produit donc pas de *déchéance.*

Sans doute, la *réciprocité* sera accordée aux *industriels*, fabricants? Et, dans le cas où ceux-ci n'auront pu, pour une cause quelconque, présenter leurs observations et réclamations contre la viabilité de tels ou tels chemins portés au tableau, ils devront être admis, néanmoins, à faire la *preuve* que ces mêmes chemins n'étaient pas en état de viabilité avant les dégradations commises?

Il semble que les notions les plus élémentaires de l'équité exigeraient qu'il en fût ainsi, et que toutes les parties en cause fussent placées devant une exception de déchéance, sur le même pied d'égalité (1).

Eh bien, il n'en a pas été ainsi, et il a été jugé que « lorsque le tableau des chemins vicinaux entretenus à l'état de viabilité a été publié dans la commune, le propriétaire d'un établissement industriel n'est pas admis à élever des doutes sur l'état de viabilité de ces chemins, alors qu'il n'a produit aucune réclamation dans le délai de quinzaine, depuis la publication du tableau établi par

---

(1) MM. Dalloz, voir *Voirie par terre*, nos 894, 895, et M. Bost, p. 325, no 9, professent également cette opinion.

l'article 105 du règlement général de 1854. » (Cons. d'État, décis.
du 27 juillet 1859 ; M. Bordet, rapp. aff. Convert.)

Le Conseil d'État reviendrait, sans doute, sur cette dernière jurisprudence, s'il venait à être saisi de nouveau de la question. Il
faut l'espérer dans l'intérêt de la justice et du principe d'égalité
de tous devant la loi.

Quoi qu'il en soit, ces décisions irrégulières, qui heurtent l'équité,
sont une nouvelle preuve de la défectuosité de la loi de 1836 et
protestent contre la conservation de l'article 14. — Autre grief.

Mode de constatation des dégradations. — La loi, après avoir
distingué les dégradations *habituelles* et les dégradations *temporaires*, exige ensuite, pour que la subvention puisse être légitimement imposée, que la dégradation soit *extraordinaire*, dans l'un
comme dans l'autre cas. Ce sont les termes exprès de l'article 14.
(Voyez ci-dessus.)

Quelles peuvent être les dégradations *habituelles* opposées aux
dégradations *temporaires ?* — Première question.

A quels signes, à quel caractère reconnaîtra-t-on que la dégradation habituelle ou temporaire est *extraordinaire ?* — Deuxième
question.

Quels seront les *moyens,* le *système* à employer par les agents
des administrations municipales pour arriver à établir une constatation
de cette nature à l'égard de chacun des industriels et fabricants
qui font usage des chemins vicinaux ? — Troisième question.

Reprenons :

Première question. — « Toutes les fois, porte l'article 14,
qu'un chemin vicinal..... sera *habituellement* ou *temporairement*
dégradé, etc..... »

Le sens grammatical de ces expressions est parfaitement clair et
saisissable. Ce n'est donc que par une espèce de logomachie, que
la circulaire ministérielle de 1836 et le règlement général de
1854 ont cru devoir expliquer « qu'il y a dégradation *habituelle*
lorsqu'il s'agit d'une exploitation industrielle qui continue pendant
toute l'année on pendant *la plus grande partie* de l'année, par opposition à la dégradation *temporaire* qui se fait seulement *tempo-*

rairement. » Passons sur cette explication d'un naïf un peu trop accentué.

Attachons-nous à ce mot « *temporairement dégradé* ; » et voyons quelle doit en être la portée?

Suffira-t-il, pour que les subventions spéciales puissent être réclamées d'un *seul acte* d'exploitation, du passage d'un *seul convoi* de voitures? Cela me semble certain, s'il est prouvé que ce seul acte d'exploitation a dégradé le chemin dont il s'est servi, et que la dégradation est *extraordinaire*, condition exigée par la loi, comme on le verra dans un moment. — Cette solution rigoureuse contre un industriel qui n'aurait effectué qu'un *seul* transport sur un chemin, n'est-elle pas une nouvelle protestation contre les conséquences de l'article 14?

Autre hypothèse. — Dans le cas où une exploitation quelconque, qui se continue toute l'année, serait dans l'usage d'emprunter successivement ou alternativement *plusieurs chemins* vicinaux, ainsi que cela se voit souvent, selon la destination des produits et les besoins du service, comment faudrait-il qualifier les dégradations commises sur chacun de ces chemins? La circulaire ministérielle déclare qu'on devra les considérer comme *temporaires*.

Mais la question, ici, n'a aucun intérêt. Puisque si la dégradation est extraordinaire (et elle doit l'être nécessairement), la subvention spéciale, c'est-à-dire l'indemnité réparatoire, sera *proportionnelle*, d'après notre article, à la dégradation causée (habituellement ou temporairement, peu importe).

Deuxième question. — « La quotité des subventions spéciales, ajoute l'article 14, sera proportionnée à la dégradation *extraordinaire* qui devra être attribuée aux exploitations... »

Ainsi la dégradation doit être *extraordinaire*, autrement la subvention spéciale n'est pas due.

Alors, qu'est-ce qu'une dégradation *extraordinaire* des chemins, par opposition, sans nul doute, aux dégradations *ordinaires*, et à quel caractère peut-on reconnaître et distinguer les unes d'avec es autres?

Le chemins doivent être construits de manière à pouvoir suffire aux besoins de *tous* les habitants et aux nécessités de service
et de locomotion qui sont de l'essence de l'activité humaine et de
l'existence des sociétés. Par suite, les dégradations causées aux
voies publiques pour l'exercice de toutes ces manifestations de
l'activité et pour la satisfaction de tous les besoins sociaux, sont,
à mes yeux, des dégradations *ordinaires*.

Pour qu'une dégradation de chemins pût être qualifiée d'*extraordinaire*, il faudrait qu'elle fût causée par une exploitation *sans
utilité* pour la société et à l'aide de véhicules et de moyens de trac-
tion de formes excentriques et imaginés comme à dessein pour
effondrer les voies publiques.

Or l'exploitation des grandes et belles industries qui fonction-
nent sur tous les points du territoire français, d'une part, l'extraction et le charroi des produits des mines, carrières, forêts, etc., etc.,
d'une autre part, ne répondent-elles pas aux *nécessités sociales* les
plus impérieuses et aux *besoins vitaux* de notre société moderne?
Comment, dès lors, pourrait-on qualifier d'extraordinaire, de la
part de toutes ces exploitations, l'usage qu'elles font des chemins
et les dégradations qui en résultent?

Le texte de la loi n'a pas, sans doute, cette signification, cette
portée absolue. Et le législateur de 1836, en employant cette expression « dégradation extraordinaire, » l'a fait sans réflexion et
sans calculer les conséquences anormales, sinon impossibles qu'elle
devait entraîner.

Mais l'instruction ministérielle n'hésite pas à donner au texte
une pareille interprétation :

« La dégradation, y est-il dit, est *toujours* extraordinaire lorsqu'elle
est occasionnée par des exploitations de mines, de carrières, de
forêts ou d'*entreprises industrielles ;* elle est extraordinaire en ce
sens, que les transports auxquels donne lieu l'exploitation dégra-
dent le chemin dans une *proportion beaucoup plus forte* que
l'usage qu'en font les *habitants* de la commune. »

Une pareille interprétation peut-elle se soutenir?

En premier lieu, l'instruction ministérielle oppose les industriels aux *habitants* de la commune, pour en former une classe

distincte, une classe de corvéables, de *subventionnables spéciaux*; cela est-il sérieux?

Est-ce que les nombreux industriels qui font la gloire et la prospérité d'une contrée ne sont pas, comme tous les autres citoyens, des *habitants* de la commune sur le territoire de laquelle se trouvent placés leurs établissements? Est-ce qu'ils n'y résident pas la plupart du temps avec leur famille, leurs domestiques, leurs attelages et le nombreux personnel d'agents et d'ouvriers qu'ils emploient? Est-ce que, en cette qualité, ils ne sont pas assujettis, comme les autres habitants, et même dans une proportion plus considérable, à toutes les autres charges et taxes communales?

Cette distinction, par la circulaire ministérielle, entre telle ou telle catégorie d'habitants, n'est donc pas seulement une violation du principe d'égalité de tous les citoyens devant l'impôt; c'est un non-sens.

En second lieu, en admettant que le système d'interprétation dont il s'agit pût se colorer d'une certaine raison d'équité, il eût fallu du moins faire une distinction :

Ou les établissements industriels frappés des subventions spéciales existaient et fonctionnaient déjà *avant* l'ouverture des chemins vicinaux; ou bien, ils n'ont été élevés et exploités que *depuis* la confection de ces mêmes chemins.

Dans ce dernier cas et d'après le système étroit et irrationnel de la loi de 1836, on pourrait comprendre qu'on vînt dire aux industriels nouvellement établis : « Nos chemins vicinaux avaient été construits pour répondre et satisfaire à des besoins et à un service de locomotion connus. Vous arrivez ensuite avec vos nombreux et lourds transports, que nous n'avions pas prévus : et nos chemins, non confectionnés pour un tel usage, sont défoncés de toutes parts. C'est à vous qu'incombe, dans une situation pareille, l'obligation de pourvoir au surcroît de frais que la réparation de ces dégradations inattendues va occasionner. »

Admettons, pour un moment, ce langage.

Mais, dans le cas où les établissements industriels, de quelque nature qu'ils soient, existaient *avant* l'ouverture des chemins, le même langage peut-il être adressé aux propriétaires ou directeurs de ces établissements? et comment peut-on prétendre que ceux-ci doivent être assujettis à des subventions spéciales pour les dégradations prétendues *extraordinaires,* causées aux voies publiques dans l'exercice de leur exploitation respective, qui existait et fonctionnait aux yeux de tous?

Dans cette dernière situation, le devoir, l'obligation des communes était de confectionner leurs chemins vicinaux de manière qu'ils pussent satisfaire à toutes les exigences du service, à tous les besoins de circulation et de transports, y compris ceux des industriels, manufacturiers et fabricants, aussi bien que des autres habitants.

Il y a plus, et à l'égard des industriels, c'était non-seulement le devoir, mais l'*intérêt* des communes de donner à leurs chemins la plus grande somme possible de solidité et de viabilité, comme encouragement et en retour de la richesse, du bien-être, de la prospérité que les exploitations industrielles répandent toujours autour d'elles.

Et, à cette occasion, une pensée triste s'empare de l'esprit. Dans une multitude d'arts, de travaux, d'industries, le génie de l'homme a produit des merveilles ! Il a introduit des *améliorations*, des *transformations* aussi heureuses que fécondes. Et, dans le système de confection, de sûreté, de solidité des chemins, il est resté *stationnaire,* s'il n'a pas rétrogradé !

Nous possédons un corps des *Ponts-et-Chaussées* qui jouit, dans toute l'Europe, d'une renommée de savoir qu'on ne discute pas. Nous avons des *ingénieurs* publics et privés, dont l'habileté est également reconnue de tout le monde.

Et cependant le concours de tous ces hommes éclairés, ou l'initiative de quelques-uns d'entre eux ne peut parvenir à trouver un système de confection des chemins, de nature à pouvoir suffire à toutes les éventualités du service des transports, quelque multipliés et quelque lourds qu'ils puissent être; assez solides pour résister longtemps à l'action de l'usure et de la détérioration; assez ingénieusement compris et exécutés pour être préservés de l'influence de l'intempérie des saisons, et surtout de l'action corrosive de l'humidité. A quelque chiffre élevé que dussent monter les frais de construction première des chemins, d'après un pareil système, si on parvenait à le découvrir, il y aurait encore économie, du moment que les dépenses d'*entretien* seraient rares et peu considérables pour la suite. .

Troisième question. — Par quels *moyens* et dans quelles *formes* les agents de la commune pourront-ils arriver à constater à la charge des industriels, des fabricants ou manufacturiers, la quotité respective d'indemnité à payer par chacun d'eux, *proportionnellement* à la dégradation extraordinaire causée sur les chemins ?

C'est ici que les inégalités les plus choquantes d'application, que l'arbitraire le plus irrationnel, viennent protester énergiquement contre l'impôt des subventions spéciales.

Le texte se borne à poser la règle d'une indemnité proportionnelle à la dégradation, règle juste en principe, dans le système de la loi, mais sans indiquer les moyens à prendre pour parvenir à l'appliquer.

L'instruction ministérielle du 24 juin 1836 et le règlement général du 24 juillet 1854, sont également silencieux sur ce point, qu'il eût été, cependant, essentiel de chercher à élucider.

Il en résulte donc que l'application de la règle et le mode de constatation des dégradations extraordinaires, sont livrés à la *discrétion arbitraire* des agents et employés de la voirie (1).

Les difficultés d'une pareille appréciation sont tellement compliquées, que beaucoup de municipalités ont dû reculer devant l'impossibilité d'application de la règle, préférant abandonner leurs droits aux subventions spéciales qu'elles auraient pu exiger.

Un *Manuel*, publié sur la matière par l'agent-voyer chef du département du *Pas-de-Calais* (2), et qui a pour objet de tracer la conduite à tenir par les agents de la voirie, ne craint pas de signaler lui-même en termes caractéristiques, les difficultés de la constatation dont il s'agit.

---

(1) Je ne m'occupe pas ici des *règlements*, des *indemnités*. Aux termes du § 3 du même article 14, « ce règlement doit avoir lieu annuellement...., après des *expertises* contradictoires. » — C'est une question autre que celle qui nous occupe, et qui rencontre également, dans la pratique, des difficultés nombreuses.

(2) Un de ceux de l'Empire où les industries de toutes sortes, où l'exploitation des richesses minérales qu'il renferme sont arrivées à un développement des plus remarquables.

Voici en quels termes il s'exprime :

« Le Code des subventions industrielles est ramassé, condensé, dans un seul article de loi, quand il en eût fallu vingt pour développer convenablement le système qu'il inaugurait. — La jurisprudence dut faire ce que la loi n'avait pas fait.

« Ceci explique les difficultés de *toute nature* que l'on rencontre dans l'exécution : — Que de discussions, en effet, soulevées par les industriels sur l'assimilation de leurs positions à celles définies par la loi ; combien de débats pour déterminer au compte de qui les transports faits directement pour l'exploitation des établissements en cause, étaient effectués, et, par suite, à qui devaient incomber les subventions spéciales résultant des dégradations extraordinaires occasionnées par eux ! — Et ce n'est pas tout ; quelles formes, quel système adopter pour constater les dégradations extraordinaires ? —Comment reconnaître les dégâts causés par une *foule de voitures*, se suivant, se succédant, se croisant à chaque instant du jour ? — Comment, surtout, opérer cette constatation, lorsque les intérêts de la viabilité publique, les intérêts des industriels eux-mêmes, imposent à l'Administration l'obligation de *réparer* les *dégradations* à *mesure qu'elles se produisent.....* »

Le Manuel ajoute qu'aujourd'hui le système suivi dans le département du Pas-de-Calais paraît fonctionner d'une manière satisfaisante, bien que « des *inexactitudes*, des irrégularités, des lenteurs, des *insuffisances* de *justification*, des divergences dans le mode de constatation des dégradations soient encore remarquées... (p. 4). »

Voyons le système adopté dans le Pas-de-Calais, et également suivi dans d'autres départements.

Il consiste à confier à un *cantonnier* la mission difficile de constater les dégradations successives ; et cela sur un *carnet* dit de *circulation*, au moyen du *crayon*.

« Le modèle du carnet de circulation est disposé en différentes colonnes, de manière à faire connaître, jour par jour (je copie le Manuel) :

« 1° La température régnante (temps sec, humide, gelée, dégel, etc., etc.);

« 2° Les jours où les dégradations ont été visibles, exceptionnelles;

« 3° La circulation *générale* (par colliers, avec poids du chargement par *quintal métrique*);

« 4° La circulation *individuelle* de chacun des industriels (par colliers et l'indication du chargement également);

« 5° Les renseignements particuliers sur les *causes* et *effets* des dégradations.

« En *fin* de mois, les additions de toutes ces quantités sont faites par l'agent-voyer, ou du moins vérifiées par lui.....

« Mais cela, ajoute le Manuel (p. 13), ne peut présenter qu'*un côté* de la question. Il peut être nécessaire de tenir compte de circonstances particulières pour certains industriels : ainsi, l'intensité des chargements des voitures de quelques-uns a pu causer des dégradations extraordinaires, hors de rapport avec ce qui se passe communément, ou bien les transports ont pu avoir lieu par une suite de mauvais temps, par des dégels, de façon que les dégradations causées aient été non-seulement extraordinaires, mais exceptionnellement extraordinaires, etc., etc. Il y a alors nécessité d'ajouter à la proportion ci-dessus une quantité représentative de ces circonstances; ainsi, il pourra se faire que le terme proportionnel attribué à tel industriel devra, par suite des circonstances particulières aggravantes ci-dessus, être augmenté de 10, 20, 25, 50, 100 pour cent, selon la gravité de ces circonstances. — Au contraire, les dégradations extraordinaires n'ayant pas eu de caractère particulier de gravité, il peut y avoir motif à accorder une tolérance à l'industriel, en raison des contributions qu'il paye à la vicinalité dans la commune, en prestations ou en centimes; dans ce cas, le terme proportionnel marquant la quantité de transports faits par l'industriel en question pourra être atténué de 5, 10, 15, etc., pour cent. — Ces diverses circonstances de pour et de contre, comme il vient d'être dit, peuvent se rencontrer à l'égard de la même personne, alors il en est fait appréciation, et le taux pour cent en est déduit en conséquence, pour être ajouté ou retranché selon le cas. »

Ainsi, dans le système adopté, voici un cantonnier; c'est-à-dire un *manœuvre*, un homme *illettré* presque généralement, qui se trouve chargé d'une opération des plus compliquées. Il va quitter sa pioche ou sa pelle, et, s'armant d'un *crayon*, il sera assez habile pour reproduire exactement la physionomie et la nature de tous les transports, en constatant, par une intuition qui tient du prodige, la profondeur, l'intensité de chaque dégradation successive qui va se produire à la charge de chaque voiture, comparées avec le nombre des colliers de chaque attelage et le poids du chargement; le tout *combiné* et modifié d'après la *température* spéciale du jour, d'après les temps de *gelée* ou de *dégel*.

Ce n'est pas tout : dans le cas, qui se présente souvent dans les grands centres industriels, où plusieurs transports appartenant à des entreprises différentes viennent à passer simultanément à la suite *immédiate* les uns des autres, comment sera-t-il possible d'assigner à chacun d'eux sa part correspondante dans les dégradations extraordinaires qui vont se produire?.. Dans une situation pareille, les experts chargés d'en faire l'appréciation, et qui agissent *plusieurs mois après* le passage des transports et alors que les dégradations ont été réparées, comment procéderont-ils? Par voie de *répartition*.

En vérité, et on le demande à tout esprit non prévenu, un pareil mode de procéder est-il sérieux? et une administration qui désire arriver à des appréciations, je ne dis pas exactes et équitables, mais seulement approximatives, éloignées, peut-elle en faire usage?

Devant le Corps législatif (séance du 13 juin 1865), MM. Josseau et le marquis d'Havrincourt ont fait ressortir l'impossibilité de l'appréciation dont il s'agit :

« Comment voulez-vous fixer, a dit ce dernier orateur, les dégradations extraordinaires applicables à une voiture, au milieu de cinquante autres voitures ? On ne peut que constater le passage sur le chemin et le nombre des colliers, sans reconnaître si le temps était bon ou mauvais, s'il gelait ou s'il dégelait, et c'est six ou *huit mois après* qu'on vient demander à l'industriel de se rendre à une conférence amiable pour constater la dégradation quand il peut y avoir déjà plusieurs mois qu'elle est réparée ! Ces difficultés, dans l'application de la loi, donnent lieu à des divergences extraordinaires entre les départements et causent de profondes irritations (1)... »

---

(1) J'ai sous les yeux plusieurs requêtes et réclamations rédigées par des indus...

Cette remarque a trait à l'impossibilité *morale* de l'application du système, si l'on peut parler ainsi.

Mais il y a aussi des impossibilités *matérielles* qui sautent aux yeux.

En premier lieu, si les transports d'une fabrique, d'un établissement quelconque ne parcourent pas, comme cela se voit souvent, *toute l'étendue* de la circonscription d'un cantonnier, celui-ci aura-t-il le droit, en se portant sur la partie du chemin la plus rapprochée du centre industriel, d'exiger des subventions sur la portion du chemin que les voitures n'auront pas parcourue? Non, d'après les notions de la plus simple égalité. Et cependant il n'en est pas ainsi.

Et, à cette occasion, une autre difficulté non moins grave s'est élevée dès l'origine et subsiste toujours. Les subventions spéciales sont-elles dues sur *toute l'étendue* du parcours accompli par les voitures des industriels, quelque considérable qu'il puisse être, et au profit de *toutes* les communes indistinctement dont les chemins vicinaux composent ce parcours? ou bien seulement au profit de la commune ou des communes sur le territoire desquelles est située l'usine, la fabrique ou la manufacture?

Quelques décisions du Conseil d'État, rendues à l'occasion d'une autre difficulté, semblent poser, en principe, que la règle doit s'appliquer d'une manière *générale*, de sorte que toutes les communes, celles mêmes qui se trouvent le plus éloignées du siége de l'industrie, ont droit aux subventions spéciales.

L'instruction ministérielle du 24 juin 1836 n'est pas de cet avis; elle déclare qu'il y a lieu d'appliquer ce principe avec *réserve :* « Le droit des communes, porte ce document, à une indemnité pour dégradation extraordinaire n'est pas restreint aux exploitations situées sur leur territoire; mais il est certain aussi qu'il y aurait *extension excessive* du principe de la loi, qu'il y aurait *abus* à prétendre suivre les exploitations dans *toute l'étendue* de la ligne que parcourent leurs transports... (1). »

---

triels honorables, et dans lesquelles le mode de constatation des dégradations est signalé avec ses erreurs, ses exagérations et ses anomalies inévitables.

(1) On verra, dans un instant, les motifs singuliers (pour ne pas les qualifier autrement) sur lesquels s'appuie cette assertion de l'instruction ministérielle; d'ailleurs, où poser la limite dans une pareille situation ?

Devant le Corps législatif (séance du 13 juin 1865), M. Josseau s'est élevé également contre l'application générale de la règle en faveur de toutes les communes, en réclamant, sur ce point, la modification de l'article 14 :

« Non-seulement, a-t-il dit, on fait payer aux usiniers une subvention pour tous les chemins vicinaux de la commune qu'ils habitent et sur lesquels sont transportés les produits agricoles conduits à leur établissement, mais encore on leur a fait payer une subvention pour tous les chemins que traversent, dans un rayon de 15, 20, 30 et 40 kilomètres, les produits de ce rayon qui viennent à leur usine.

« Je ne crains pas de dire que, soit l'administration des ponts et chaussées, soit les conseils de préfecture sont excessifs quand ils donnent à la loi une semblable extension. »

M. Josseau ne donne pas les motifs ou raisons sur lesquels il appuie la critique qu'il élève contre l'application générale de la règle.

Mais l'instruction ministérielle de 1836, qui veut, comme on l'a vu ci-dessus, que le principe soit appliqué avec réserve et sans qu'on puisse l'étendre à toutes les communes situées sur le parcours des transports, motive son opinion de la manière suivante :

« A mesure que ces transports s'éloignent du siége de l'exploitation, ils occasionnent des dégradations dont la proportion est *toujours décroissante*, comparée aux autres causes de dégradation, et bientôt elles seraient *impossibles* à apprécier... »

Cette opinion restrictive de l'application de la règle, et la raison sur laquelle elle s'appuie, sont complétement inadmissibles.

L'instruction ministérielle déclare qu'à mesure que les transports s'éloignent, les dégradations sont *proportionnellement décroissantes.* » — C'est là une assertion matériellement inexacte, incompréhensible. Un convoi, composé d'une ou de plusieurs voitures, part du siége d'une industrie quelconque, avec un chargement que nous évaluons, par exemple, à 6,000 kilogrammes, pour se rendre à 30 kilomètres, où se trouve le lieu de dépôt ou d'embarquement des marchandises. Est-ce que les chemins vicinaux de la *dernière* commune du parcours souffriront *moins* que ceux de la première du passage des voitures, à égalité de temps, de température et de chargement? C'est impossible à comprendre.

L'instruction ajoute : « Bientôt les dégradations seront, *impossibles à apprécier*. » — Mais, si elles sont impossibles à apprécier, il n'y a plus de question, il n'y a plus de difficulté, puisque, d'après le texte de la loi, les dégradations doivent être EXTRAORDINAIRES pour que les communes puissent exiger des subventions spéciales.

— L'explication de l'instruction ministérielle, sur ce point, est donc sans aucune espèce de valeur.

Maintenant et quant au fond de la question, j'ajoute que c'est la thèse *inverse* à celle de M. Josseau et de l'instruction ministérielle, qui serait plutôt admissible et *équitable*, s'il était permis et possible de scinder ainsi l'application des principes.

A mes yeux, ce seraient, en effet, les communes les *plus éloignées* du siége de l'industrie, de la manufacture ou fabrique, qui seraient plus équitablement fondées à réclamer des subventions pour la réparation de leurs chemins. Pourquoi? Parce que, en raison même de leur éloignement, elles ne profitent pas comme les communes environnantes, ou elles profitent peu de l'aisance, de la richesse et de tous les bienfaits que l'activité et le mouvement des industries répandent autour d'elles, et que, par conséquent, une compensation devrait leur être accordée de préférence.

En avançant cette proposition, que je crois indiscutable, mon intention n'est pas, on le comprend, de vouloir surcharger le poids de l'impôt des subventions industrielles, puisque je combats pour son abolition *radicale*. Mais je veux seulement donner ici une nouvelle preuve de l'incohérence de ce malencontreux article 14 qui, sur tous les points, vient se heurter contre des impossibilités d'application.

En second lieu, faire servir le *nombre des colliers* pour en déduire ou déterminer le *poids du chargement*, c'est employer une base trompeuse, inexacte dans un grand nombre de cas. En effet, la force de l'attelage est augmentée, tantôt à cause du *mauvais état des chemins*, et à l'effet de vaincre le surcroît de tirage que l'incurie ou la négligence des communes occasionne; tantôt on ajoute un certain nombre de bêtes de trait à l'attelage, en *prévision* d'un chargement important qu'on aura pour le *retour*, et non comme une nécessité du chargement actuel, auquel un seul cheval aurait largement suffi.

La réalité de ce fait, qui se reproduit souvent, a été également affirmée devant le Corps législatif par MM. Josseau et d'Havrincourt (*Moniteur* du 14 juin 1865).

En troisième lieu, que veut dire le Manuel lorsqu'il parle de l'évaluation du chargement par *quintaux métriques?* Pour déterminer la valeur d'un chargement en quintaux, métriques ou non, il faudrait un *pesage* préalable; il faudrait des *bascules*. Or, non-seulement il n'en existe pas sur les chemins vicinaux, mais, de plus, les bascules de pesage sur les routes ont été *supprimées*. La loi nouvelle sur la police du roulage, du 30 mai 1851, avec le décret d'exécution du 10 août 1852, ont inauguré la *liberté* pour la circulation des voitures, sans se préoccuper, désormais, ni du nombre ou de la force de l'attelage, ni du poids du chargement, ni de la largeur des jantes des roues, ainsi que cela était prescrit auparavant.

Si, par cette expression « quintaux *métriques*, » on voulait indiquer que, par le *toisé* du chargement et son appréciation en *mètres*, on pourrait en déterminer le poids; ce serait une base viciée également de l'erreur la plus grossière : le poids, et, par suite, le *volume* des corps variant à l'infini, suivant leur plus ou moins grande densité.

Donc, quel que soit le point de vue sous lequel on l'envisage, et malgré les modifications que l'expérience et la pratique ont pu y apporter, le système d'appréciation des dégradations dites *extraordinaires* ne peut aboutir qu'à des résultats irrationnels et arbitraires.

§ 2. — *L'agriculture est, par une exception de faveur, dispensée des subventions spéciales.* — *Conséquences irrationnelles qui en résultent dans ses rapports intimes avec l'industrie, notamment avec l'exploitation des forêts, avec le commerce des grains, des engrais, avec la fabrication des sucres de betterave, etc., etc.*

Les exploitations *agricoles* ne sont pas soumises à l'impôt des subventions spéciales, bien que les dégradations causées par elles aux chemins soient, pour ainsi dire, journalières et souvent très-considérables.

Cette exception de faveur au profit de l'agriculture n'est pas, à la vérité, expressément établie dans l'article 14 de la loi du 21 mai 1836, mais elle en résulte implicitement. En effet, les termes de cet article, sauf le mot *forêts,* qui a soulevé une grave discussion qui sera examinée dans un instant, les termes de la loi, dis-je, accusent clairement que telle est l'intention des législateurs par ces mots : «... chemin dégradé par des exploitations de *mines, carrières, forêts,* ou de toute *entreprise industrielle...* »

Du reste, la discussion de la loi, dans les séances des 4 et 7 mars 1836, ne laisse aucun doute à cet égard.

D'un autre côté, l'instruction générale du 24 juin 1836 en contient la déclaration expresse dans les termes suivants : « Les exploi-« tations agricoles ne sont pas comprises dans la catégorie ; ainsi « un domaine, une ferme, *quelque vastes* que soient ses *moyens de* « *culture,* ne peut être assujetti à une indemnité extraordinaire « pour dégradations de chemins. Le législateur a considéré que « l'exploitation agricole avait *acquitté* sa dette par la *prestation en* « *nature,* qui *n'atteint pas la plupart des autres exploitations.* »

Il s'agit de contrôler la justesse de cette distinction exclusive au profit de l'agriculture, et de vérifier l'exactitude des motifs sur lesquels elle repose.

L'agriculture est-elle, selon la vieille définition, un *art,* une *science?* Peut-on prétendre, d'un autre côté, que les exploitations agricoles ne constituent pas des *spéculations,* dans l'acception véritable du terme, et que, par suite, elles ne doivent pas être comprises dans cette expression de l'article 14 : « *toute entreprise industrielle?* »

Quoi qu'il en soit, la distinction entre les exploitations agricoles et les exploitations industrielles, que j'ai considérée, dans le chapitre précédent, comme une grave erreur d'économie politique, tant est intime et étroit le lien qui unit l'agriculture à l'industrie ; cette distinction sera-t-elle facile à établir et à déterminer lorsqu'on va se trouver aux prises avec les exigences de la pratique et les difficultés de l'application?

Il suffit de consulter, sur ce point, les hésitations, les fluctuations de la jurisprudence pour apercevoir que le législateur s'est placé ici dans une situation illogique, dans une voie sans issue. Et les réclamations, les procès nombreux que l'article 14 a suscités et soulève encore tous les jours sont une preuve évidente, non-seulement de l'imperfection de la loi, mais aussi de son impopularité.

Parmi les difficultés qui ont pris naissance lorsqu'il s'est agi de faire prévaloir la distinction exceptionnelle en faveur de l'agriculture, je me propose de choisir les plus saillantes, celles qui révèlent de la manière la plus évidente les impossibilités, les conséquences illogiques contre lesquelles on vient se heurter :

Forêts. — Du moment que les exploitations agricoles se trouvent exemptées des subventions spéciales, quelque nombreuses et graves que puissent être les dégradations qu'elles causent sur les chemins vicinaux, on a été étonné de voir figurer, dans la loi, l'exploitation des *forêts* au nombre des *entreprises industrielles* assujetties au payement de ces subventions.

Est-ce que l'exploitation des forêts n'est pas une exploitation *agricole?* Est-ce que le produit des bois et forêts n'est pas, comme les moissons et toutes les autres récoltes de la terre, un produit agricole?

Bien plus, n'y a-t-il pas, dans le *mode d'exploitation* des forêts, un argument de faveur qui devrait exempter le propriétaire des subventions spéciales? En effet, tandis que, pour la culture proprement dite des terres arables, les transports, souvent très-lourds, ont lieu *toute l'année* et presque *tous les jours* de l'année, les forêts ne sont exploitées qu'à de *longs intervalles*, tous les quinze, vingt ou quarante ans, selon la nature de l'*aménagement* et la destination du produit, dans le cas où toute l'étendue de la forêt n'est soumise qu'à une *seule coupe;* et une *seule fois* par *an,* lorsque la forêt comprend un nombre de coupes égal et correspondant à l'âge ou au nombre d'années de croissance qu'on veut laisser acquérir au bois.

Pendant ces longues périodes de temps, les propriétaires de bois et forêts n'ont fait aucun usage des chemins, et ont, cependant, régulièrement acquitté l'impôt foncier, toutes les autres charges communales et la prestation en nature, dans le cas où ils *habitent* sur le territoire de la commune où sont situés leurs bois.

Lors de la discussion de la loi, dans les séances des 4 et 7 mars 1836 de la Chambre des députés, une longue et vive discussion s'est élevée à ce sujet.

Un amendement présenté et développé par M. Muteau, avec l'appui de M. d'Angeville, demandait expressément que le mot *Forêts* fût retranché de l'article 14, par le motif énoncé ci-dessus que le produit des forêts était un produit du sol, et que l'exploitation de ces sortes de propriétés constituait une exploitation agricole dans le sens véritable de l'expression, à moins qu'elles ne fussent livrées au *défrichement,* parce que, dans ce cas, il s'agirait moins d'une récolte *régulière* que d'une *spéculation* ou entreprise industrielle, etc., etc., etc. (*Moniteur* des 5 et 8 mars 1836.)

On avait répondu : L'exploitation des forêts est d'une nature *exceptionnelle ;* ses produits sont relativement d'un *poids bien plus considérable* que celui de toutes les autres récoltes ; l'exploitation a lieu dans une période de temps assez courte, à une époque de l'année (d'octobre à mars) où les chemins, *amollis* par les pluies ou le dégel, sont susceptibles des plus graves détériorations ; les propriétaires de forêts ne résidant pas d'ailleurs, généralement, dans la commune où leurs forêts sont situées, et n'étant pas, par suite, assujettis aux autres taxes communales, doivent dès lors être considérés comme des industriels, avec d'autant plus de raison que c'est effectivement à des *entrepreneurs* de coupes qu'ils livrent, la plupart du temps, l'exploitation de leurs forêts, etc. (Mêmes numéros du *Moniteur.*)

En présence des raisons invoquées à l'appui de chacune de ces opinions, mon choix est pour la thèse qui assimile l'exploitation des forêts aux exploitations agricoles proprement dites ; cela ne peut être douteux, puisque je repousse, avec une conviction énergique et comme une erreur grossière d'économie politique, la distinction de rigueur faite par la loi de 1836 entre l'industrie et l'agriculture.

Il est résulté du maintien du mot *forêts* dans la loi de 1836 une anomalie sérieuse qui a été signalée à cette époque et qui est demeurée sans réponse ni solution.

Il faut donc la reproduire ici comme un nouvel argument qui proteste, aussi légitimement que ceux qui précèdent, contre l'article 14.

Il existe, en France, des *communes*, et en grand nombre, qui sont *propriétaires de forêts*, notamment dans les départements de la Haute-Marne, des Ardennes, des Alpes, des Pyrénées, des Vosges, etc. Ces communes sont comprises dans le mot *établissements publics* de l'article 14 et assujetties, par conséquent, aux subventions spéciales pour réparer les dégradations par elles causées aux chemins vicinaux dans l'exploitation de leurs propres forêts, soit pour en vendre les produits, soit pour les consommer en affouages délivrés aux habitants (1).

Dans une pareille situation, voici l'anomalie qui se produit :

Comme ce sont les communes qui sont chargées elles-mêmes de la confection et de l'entretien de leurs chemins vicinaux, il va résulter, dans le cas dont il s'agit, que la caisse municipale percevra sur elle-même la dépense pour les dégradations extraordinaires qu'elle aura occasionnées sur ses propres chemins pour l'exploitation de ses forêts, prenant ainsi d'une main dans la caisse et y reversant de l'autre le montant des dépenses pour ces mêmes réparations.

Dans un pareil système, s'il est appliqué, quels sont les *agents* chargés de constater les dégradations extraordinaires causées par les communes elles-mêmes ? Et quelles écritures et quelle comptabilité frustratoires et inutiles pour régulariser une situation semblable (2) ?

---

(1) C'est ce qui a été déclaré par une affirmation positive du Rapporteur de la loi, sur une interpellation d'un député, à la séance du 7 mars 1836.

(2) Il existait, à l'égard du Trésor public dans la perception des *contributions*

Établissements de commerce. — Ces établissements peuvent-ils être assujettis aux subventions spéciales, en raison du transport des denrées ou marchandises faisant l'objet de leur négoce? Si on ne consulte que la disposition littérale de la loi, la négative n'est pas douteuse. En effet, l'article 14, après avoir indiqué nominativement l'exploitation des « mines, carrières, forêts, » ajoute « et de toute entreprise *industrielle*. » Or il est certain que les maisons de *commerce*, quelles qu'elles soient, ne sont pas des entreprises *industrielles* dans le sens propre de l'expression. Les entreprises industrielles s'exercent sur les matières *premières*, qu'elles *transforment*, dans leurs ateliers et hauts-fourneaux, au moyen de machines et d'instruments d'une puissance plus ou moins considérable. Et ce n'est que lorsque les *produits* sortent *façonnés* et *préparés* des ateliers de l'industrie, que le commerce s'en empare pour les vendre au public. Les maisons de commerce ne sont donc pas des entreprises industrielles. Cela est de la dernière évidence, je le répète.

Cependant le Conseil d'État a décidé la question dans le sens contraire, dans des espèces où il s'agissait d'établissements commerciaux qui avaient pour objet la vente et le transport de *charbons, briques, sable, chaux, cendres,* etc., en déclarant que les propriétaires de ces établissements commerciaux devaient payer les subventions spéciales pour les dégradations commises sur les chemins vicinaux par les transports de ces différents produits (Décisions des 25 janvier 1855; — 16 avril 1856; — 16 déc. 1858; — 8 mars 1860.) (1)

_____

générales, une anomalie de la même nature. Les lois des 13 novembre 1790 et 3 frimaire an VII avaient imposé les domaines de l'État productifs de revenus à la *contribution foncière,* comme toutes les autres propriétés. Mais on reconnut bientôt qu'il était abusif de faire porter l'impôt sur des propriétés appartenant à l'État, sans autre résultat que d'occasionner un mouvement *fictif* de fonds dans la caisse publique et de grever inutilement le trésor de *frais de perception.* Aussi la loi du 19 ventôse an IX fit-elle disparaître une pareille forme de procéder.

(1) Ces décisions, il importe de le remarquer, ont été rendues *contrairement* à l'avis du ministre chargé de présenter ses observations sur les pourvois portés devant le conseil d'État. Le ministre déclarait, conformément à l'opinion émise ci-dessus, qu'il était impossible de confondre les établissements commerciaux avec les entreprises industrielles; que celles-ci seules étant désignées par la loi,

Il existe une maxime de droit, d'après laquelle les dispositions *fiscales*, comme les dispositions *pénales*, ne peuvent être appliquées sans un texte *précis*, ni étendues d'un cas prévu à un autre cas non prévu, quelque grande que puisse être, d'ailleurs, l'analogie existant entre eux. — Il est regrettable que le Conseil d'État n'ait pas respecté, ici, cet adage de droit passé en principe.

Si on persiste dans ce système fâcheux d'interprétation qui assimile les entreprises commerciales aux entreprises industrielles, il faudrait, du moins, ne pas en outrer l'application au point d'oublier l'intention et le but même de la loi.

Du moment que la volonté de la loi est de favoriser exceptionnellement l'agriculture, il faut appliquer la règle avec franchise et intelligence, c'est-à-dire qu'il faut exempter également des subventions spéciales les branches de commerce qui ont des relations *intimes et directes* avec l'agriculture ; tel est par exemple le commerce des *grains* et récoltes, celui des *engrais* quels qu'ils soient, etc. Autrement, la pensée de la loi est méconnue, les intérêts de l'agriculture et par suite ceux de la masse entière des consommateurs sont sacrifiés.

Cette proposition, qui semble équitable et rationnelle, n'a pas été admise, cependant, par la jurisprudence, comme on va le voir.

Commerce des grains. — Lorsque c'est le cultivateur qui transporte lui-même ses grains ou ses autres récoltes, quelles qu'elles soient, au *marché* ou chez des *consommateurs particuliers*, il n'est tenu à aucune subvention pour les dégradations extraordinaires causées sur les chemins vicinaux par ses voitures. — C'est l'application de la règle de faveur au profit de l'agriculture.

Mais si le *commerce* proprement dit vient s'immiscer d'une manière quelconque dans le transport des grains et autres récoltes, cette circonstance doit-elle avoir pour effet d'empêcher l'application de la règle ?

---

les premiers ne pouvaient être atteints. — Au surplus, il existe d'autres solutions en sens divers et opposés, selon les départements et l'esprit des conseils de préfecture.

Voici les hypothèses qui se sont présentées et qui se présentent tous les jours :

1° Supposons que ce soit le cultivateur lui-même qui transporte ses grains et ses récoltes, avec ses chevaux et ses voitures, non plus sur un marché public, mais chez un *commissionnaire de commerce*, chez un *négociant en grains*. Les subventions spéciales seront exigées, d'après la jurisprudence du Conseil d'État. Seulement elles sont imposées, dans ce cas, sur le négociant et non sur le cultivateur (1).

2° Dans l'acte de vente intervenu entre un cultivateur et une maison de commerce, il est convenu que celle-ci effectuera elle-même l'enlèvement et le transport des grains et récoltes avec ses propres voitures. — Dans cette hypothèse, la jurisprudence du Conseil d'État, confirmant celle des conseils de préfecture, hésitera moins que dans le cas précédent, le cultivateur étant mis hors cause, en apparence. L'impôt des subventions sera donc exigé.

3° Au lieu d'une maison de commerce en grains, supposons que ce soit avec un *meunier* que les cultivateurs aient fait un traité de vente de tous leurs grains, pour, celui-ci, les convertir en *farine* et les vendre ensuite, soit en gros au commerce, soit en détail aux consommateurs. — C'est la *grande mouture* (2).

Dans cette hypothèse encore, la jurisprudence réclamera les subventions spéciales, que le transport des grains au moulin ait été effectué soit par les cultivateurs eux-mêmes, soit par le meunier avec ses propres voitures.

---

(1) Par quels moyens, dans un cas pareil, la destination et le lieu de livraison des grains pourront-ils être constatés et reconnus ?

On ne pourrait y arriver qu'au moyen d'une inquisition vexatoire sur tous les actes des cultivateurs, ou d'une surveillance odieuse sur la direction des convois.

D'ailleurs, lorsque les grains sont arrivés sur le marché public, ils sont tous achetés en général par des maisons de commerce, par des spéculateurs et des négociants. Et alors quelle est la valeur de la distinction, en définitive ?

(2) Quant à la mouture dite au *petit sac*, c'est-à-dire celle des grains apportés par les *habitants* et destinés à leur consommation personnelle, je trouve quelques décisions qui déclarent qu'il n'y a pas lieu, dans un cas pareil, à imposer le meunier aux subventions spéciales. — Il n'en pouvait, certes, être autre-

La doctrine du Conseil d'État, dans les diverses situations que je viens de signaler, est, à mes yeux, en opposition avec les notions les plus élémentaires de la logique; et, ce qui est plus grave, elle rend nulle et inefficace la distinction de faveur établie par la loi au profit de l'agriculture.

Les grains et toutes les récoltes de la terre (1), denrées alimentaires de première nécessité pour l'homme et les animaux domestiques, doivent être enlevés et livrés à la consommation le plus rapidement et aux meilleures conditions possibles, dans l'intérêt tout à la fois du cultivateur et dans celui de la masse des consommateurs. Or, que ces divers produits soient dirigés directement soit sur un marché public, soit chez un spéculateur ou négociant, par la voiture du cultivateur ou par celles du négociant, qu'importe. La question des transports est, en effet, tout aussi bien que la vente des produits, de l'essence de l'agriculture et une conséquence nécessaire de l'exploitation agricole.

De même que le cultivateur est libre de vendre ses récoltes à qui il lui plaît et à l'époque qui lui paraît plus avantageuse; de même il doit avoir une liberté absolue dans le choix du mode de transport qu'il jugera plus favorable à ses intérêts, sans que le choix soit de la personne de son acquéreur, soit du lieu de la livraison des produits, soit du mode des transports, puisse venir jamais modifier les conditions de la convention par un fait ultérieur indépendant de la volonté des parties.

Or ce fait se produit par la survenance de l'impôt des subventions spéciales. Il est évident, en effet, que, du moment qu'on frappe de cet impôt le commerce ou l'industrie qui traitent avec les cultivateurs, le bénéfice de la situation de ceux-ci va dispa-

---

ment. Est-ce que jamais il a été fait un usage plus impérieusement *ordinaire* des chemins, que celui du transport des grains destinés à la consommation des habitants de la localité? Et, d'un autre côté, comment de pareils transports, qui se font à faible charge et à des intervalles très-éloignés les uns des autres, pourraient-ils jamais occasionner aux chemins vicinaux des dégradations *extraordinaires*, condition exigée pour qu'il y ait lieu à réclamer des subventions spéciales?

(1) La *betterave* fait l'objet d'un examen particulier, ci-après, en raison des difficultés particulières soulevées, au point de vue qui nous occupe, par la grande et merveilleuse industrie dont elle est la base.

raître. Car le négociant, l'industriel, surchargés de cet impôt, ne consentiront plus à payer les grains et produits à leur *prix normal*. Et alors l'agriculture, au lieu d'être favorisée, conformément à l'intention de la loi, se verra lésée d'une manière inattendue, et arbitraire, on peut l'ajouter.

Devant le Corps législatif (séance du 12 juin 1865), cette inconséquence regrettable a été dénoncée à l'Assemblée :

« Que résulte-t-il de cette application extensive de la loi de 1836? C'est, a dit M. Gosseau, que le but de la loi est dépassé. Le législateur de 1836 avait voulu exempter le produit agricole, le produit alimentaire ; or, par cette jurisprudence, il se trouve assujetti à la subvention. En effet, de deux choses l'une : ou les usiniers sont obligés de payer le blé moins cher au cultivateur, ou bien ils sont contraints de faire payer leur farine plus cher au consommateur. L'impôt porte donc alors, en définitive, sur la production ou sur la consommation, c'est-à-dire sur le public, à raison d'un produit que le législateur de 1836 avait, à bon droit, jugé digne d'une faveur exceptionnelle... »

Commerce, dépôt d'engrais. — La nécessité, l'intimité des rapports du commerce des engrais avec l'agriculture sont plus étroits, peut-être, encore que ceux avec le commerce des grains. Car les engrais, les amendements, sont la force essentielle, le nerf de l'agriculture.

Les considérations de faveur qui viennent d'être développées et qui repoussent l'application de l'impôt des subventions spéciales peuvent donc être également invoquées ici.

Je ne parle pas des engrais *artificiels*, dont la composition et le principe fécondant ne sont encore ni découverts ni constatés, et qui n'ont fait, jusque aujourd'hui, l'objet que d'une *spéculation* plus ou moins honnête.

Occupons-nous uniquement des engrais et amendements *naturels*, c'est-à-dire de ceux produits par les animaux ou la *stabulation, par la poudrette,* par les *carrières de cendres noires,* ou terres pyriteuses, de *marnes,* de *calcaires,* etc., etc.

D'après la doctrine du Conseil d'État, ici, comme pour le commerce des grains, il n'y a pas à considérer le *mode* de transport ; qu'il soit effectué par le cultivateur lui-même, qui ira prendre les engrais dans l'établissement ou dans la maison de dépôt, avec ses propres voitures ; qu'il soit fait par le négociant en engrais, avec ses attelages particuliers, le Conseil d'État déclare que les subventions spéciales sont exigibles dans l'un comme dans l'autre cas. Seulement c'est toujours sur le négociant que cette contribution serait imposée (1).

C'est ce qui a été jugé à l'occasion du transport de *terres pyriteuses* ou *cendres noires*, ainsi que de la *marne*, qu'on rencontre dans certaines contrées et qui sont, sinon un engrais proprement dit, du moins un *amendement* précieux pour les terrains de culture compactes et trop forts. Dans ces affaires, le Conseil d'État a considéré que l'extraction et le transport des terres pyriteuses et de la marne constituaient une exploitation de *carrières*, et tombaient, par conséquent, sous l'application directe de l'article 14 (décis. 26 avril 1851 ; — 5 janv. 1854 ; — 6 mars 1856) (2).

Dans un autre cas où il s'agissait d'engrais proprement dits, qui n'avaient cependant subi aucune *manipulation* (ce qui écartait toute idée d'entreprise *industrielle*), il a été également jugé que les transports de ces engrais, de la maison de dépôt dans les exploitations agricoles, devaient être assujettis aux subventions spéciales (23 novembre 1854).

Toutefois, je dois ajouter ici que le Conseil d'État a reculé, plus tard, devant une application aussi absolue, en décidant que la livraison d'engrais à un propriétaire par une maison de dépôt ne pouvait donner lieu à l'impôt (6 août 1861).

Ces fluctuations, ces contradictions dans la jurisprudence, et la considération des intérêts de l'agriculture, qui se trouvent ici visiblement sacrifiés en violation de la loi, sont autant de motifs nouveaux qui réclament hautement la suppression de l'article 14.

Betteraves et fabriques de sucre. — Les fabriques de sucre indi-

---

(1) Mais pour retomber en définitive, comme on l'a déjà vu, sur l'agriculture, à qui on fera payer les engrais à un prix *au-dessus* du cours régulier, en considération, précisément, de cette éventualité de l'impôt des subventions spéciales, mis à la charge de l'industriel ou de la maison de commerce.

(2) Le sens, la portée du mot *carrière* ont effectivement une étendue qui comprend ces différentes matières et bien d'autres encore, d'après l'article 4 de la loi du 21 avril 1810, sur les *mines*.

gène, les distilleries et toutes les autres manipulations qui ont la betterave pour base, doivent être placées parmi les établissements industriels les plus importants.

Dans les départements de l'Aisne, du Nord et du Pas-de-Calais, principalement, cette industrie fait la gloire et la richesse du pays, tant par la puissance des machines et moteurs qu'elle emploie, que par le nombre considérable, par l'étendue et la merveilleuse combinaison des établissements annexes, que le génie de l'homme a su rattacher à la fabrication du sucre.

Dans ces contrées d'industrie sucrière, la culture, puis les transports de la betterave, s'exécutent forcément sur une échelle considérable proportionnelle à la puissance de la fabrication et aux nécessités d'alimentation des différents établissements industriels qui y sont situés.

On se retrouve donc ici, en ce qui concerne la réparation des dégradations extraordinaires causées aux chemins vicinaux par les innombrables charrois ou transports de betteraves, devant les mêmes difficultés que celles que nous avons vues soulevées ci-dessus à l'occasion du transport des grains et autres récoltes, des engrais et amendements naturels.

Et ici, il faut le remarquer, il semble que la légitime répugnance des industriels à se soumettre à l'impôt des subventions spéciales s'est manifestée avec plus de persistance, à en juger par le nombre des contestations et des procès survenus.

Que ce soit le cultivateur qui transporte lui-même ses récoltes de betteraves à la fabrique ou aux établissements industriels, ou que le transport s'effectue par les propres voitures de ceux-ci, les subventions seront également exigées : c'est la doctrine de la jurisprudence administrative.

Mais des circonstances particulières se présentent ici, qu'on a souvent fait valoir comme étant de nature à modifier cette application rigoureuse :

1° Ne devrait-on pas distinguer le cas où un établissement industriel trouve dans la *commune* sur le territoire de laquelle il est situé des produits en quantité *suffisante* pour son alimentation, du cas d'un autre établissement pour l'alimentation duquel un nombre plus ou moins considérable de communes sont tributaires en quelque sorte, et qui *concentre* ainsi sur un *seul chemin* (celui qui conduit à sa fabrique), une circulation qui dépasse de beaucoup les besoins ordinaires de la localité ?

La jurisprudence n'a pas admis cette distinction, toute rationnelle et équitable qu'elle paraisse, au point de vue même de la loi de 1836.

2° Dans le cas (qui se présente souvent) où les établissements industriels achètent les betteraves *sur pied*, par des marchés passés *à l'avance* avec les cultivateurs, les subventions pour dégradations des chemins peuvent-elles être exigées, alors que ce sont les *cultivateurs* eux-mêmes qui ont effectué le transport des betteraves avec *leurs propres voitures ?* Dans un cas pareil, l'industriel, en se rendant ainsi propriétaire à l'avance des récoltes, ne devrait-il pas être assimilé, en quelque sorte, au cultivateur lui-même, par le motif qu'il a pris à ses risques et périls toutes les chances des intempéries et contre-temps qui menacent les récoltes jusqu'au moment où elles sont rentrées et engrangées?

Ici, encore, la jurisprudence n'admet pas de distinction.

3° Lorsque des industriels, *propriétaires* ou *locataires* de terrains plus ou moins considérables, les *exploitent eux-mêmes* (cas qui existe aussi très-souvent) et les cultivent en betteraves, et que cette récolte suffit seule à l'alimentation de leur établissement, les subventions spéciales pourront-elles leur être imposées pour les dégradations commises par le transport de ces betteraves?

Ici, on le comprend, l'industriel était *cultivateur* lui-même, dans toute l'extension du mot. Il eût donc été impossible de comprendre qu'on lui refusât l'application de l'exception de faveur établie au profit de l'agriculture. Aussi le Conseil d'État a-t-il décidé, dans une situation pareille, que les subventions spéciales ne pouvaient être exigées (12 janvier 1850).

Ne nous hâtons pas de nous féliciter de cette tendance favorable à l'industrie : la moindre circonstance va faire changer l'application de la règle, par exemple, le *mode* de transport des betteraves.

4

C'est ainsi qu'il a été jugé, dans la même circonstance d'un industriel cultivant lui-même les betteraves nécessaires à l'alimentation de son établissement, que, par cela seul que le transport de ces betteraves a été effectué par *d'autres voitures* que les siennes propres, il doit être soumis aux subventions pour la dégradation des chemins (Cons. d'État, 12 févr. 1849).

— Comment pouvoir justifier une pareille distinction ?

4° Sera-t-il permis, réciproquement, à un cultivateur, de fonder et d'exploiter un établissement industriel, par exemple une distillerie, sans être assujetti aux subventions spéciales pour les dégradations causées par le transport des produits nécessaires à l'alimentation de cette distillerie ?

Dans une espèce où cette circonstance existait, le cultivateur a été soumis aux subventions spéciales, par cela seul qu'il consommait non-seulement les betteraves provenant de ses récoltes, mais aussi celles *achetées* à *d'autres cultivateurs* (Cons. d'État, 28 déc. 1859).

— Ici, encore, un pareil motif est-il admissible et justifiable ?

Je ne veux pas entrer plus avant dans le détail des difficultés d'application ni dans l'examen des solutions administratives, si pleines de fluctuations et de distinctions irrationnelles.

Ce qui précède suffit amplement à la démonstration de la thèse que je me suis proposée.

L'impôt des subventions spéciales, condamné à cause de l'iniquité de son assiette sur une classe particulière de citoyens, laquelle mérite, au contraire, la reconnaissance et les encouragements du pays, est également jugé sans retour en raison des impossibilités d'application contre lesquelles il vient se heurter de toutes parts

Les industriels sont sensibles, sans doute, à la charge pécuniaire que les subventions font peser sur eux exclusivement. Mais ils repoussent surtout cette fiscalité comme on repousse tout ce qui blesse le sentiment de l'équité et la règle de l'égalité de tous devant l'impôt.

Ici, un rapprochement significatif se présente :

L'impôt sur les *chevaux et voitures*, qui avait été établi par la loi du 2 juillet 1862, vient de disparaître.

Cependant, le Conseil d'État, dans l'espoir de conjurer le sort qui lui était destiné, avait transformé les bases et le mode de répartition de cette contribution; le Gouvernement renonçait à la part qui lui était afférente, pour en attribuer exclusivement les ressources aux Caisses départementales. La nouvelle combinaison proposée n'a pu dépouiller l'impôt sur les chevaux et voitures de l'impopularité dont il était frappé; et le Corps législatif en a prononcé définitivement la *suppression*, dans la discussion de la loi du budget général du 8 juillet 1865.

Chose digne de remarque, l'impôt sur les chevaux et voitures n'avait été accepté, en 1862, que parce qu'on avait déclaré qu'il se rattachait à un principe analogue à celui qui a inspiré la loi du 21 mai 1836 sur la *vicinalité*, et notamment l'article 14 de cette loi que je discute en ce moment. La Commission ne l'avait considéré, en effet, que comme la compensation de *services rendus,* et la réparation des *dommages* causés sur les chemins par les chevaux et voitures; c'était l'*usage* des chevaux et voitures et non ces objets eux-mêmes qui était imposé, la Commission écartant ainsi toute pensée d'un impôt sur le *luxe* (1).

Le produit de cet impôt, qui avait été évalué, dans le budget 1865, à la somme de *quatre millions* 230 mille francs, a donné, en réalité, *trois* millions.

Maintenant, quel est, comparativement, le *produit annuel* des subventions spéciales pour toutes les parties de la France? D'après les chiffres du compte rendu *quinquennal* sur la vicinalité, retracés ci-dessus par M. le marquis d'Havrincourt (p. 22), le montant de cette ressource ne s'élèverait pas à un *million !!*

Et c'est en présence d'un résultat aussi mince, aussi infime, qu'on maintiendrait l'impôt des subventions spéciales?

Si l'impôt sur les chevaux et voitures est tombé par son impopularité et en raison des inconvénients qu'il avait rencontrés dans son mode de répartition, comment celui des subventions spéciales pourrait-il subsister plus longtemps, avec l'iniquité de l'assiette

---

(1) « Si cet impôt, disait le Rapporteur de la loi de 1862, se fût produit comme inaugurant le principe des impôts sur le luxe et sur les manifestations extérieures des richesses, la majorité de la Commission se fût prononcée pour le *rejet de la loi*. Car, on l'a dit avec raison, le luxe est le tribut payé par la richesse au travail. En l'atteignant dans son essor, on frappe en réalité l'*ouvrier* et le *pauvre*. »

sur laquelle il est établi, avec son mode de procéder vicieux et frappé d'impuissance, avec ses impossibilités d'application, et en présence des répulsions qu'il soulève et des protestations qui ne cessent de s'élever contre lui.

FIN.

Paris. — Typogr. de Ad. Lainé et J. Havard, rue des Saints-Pères, 19.

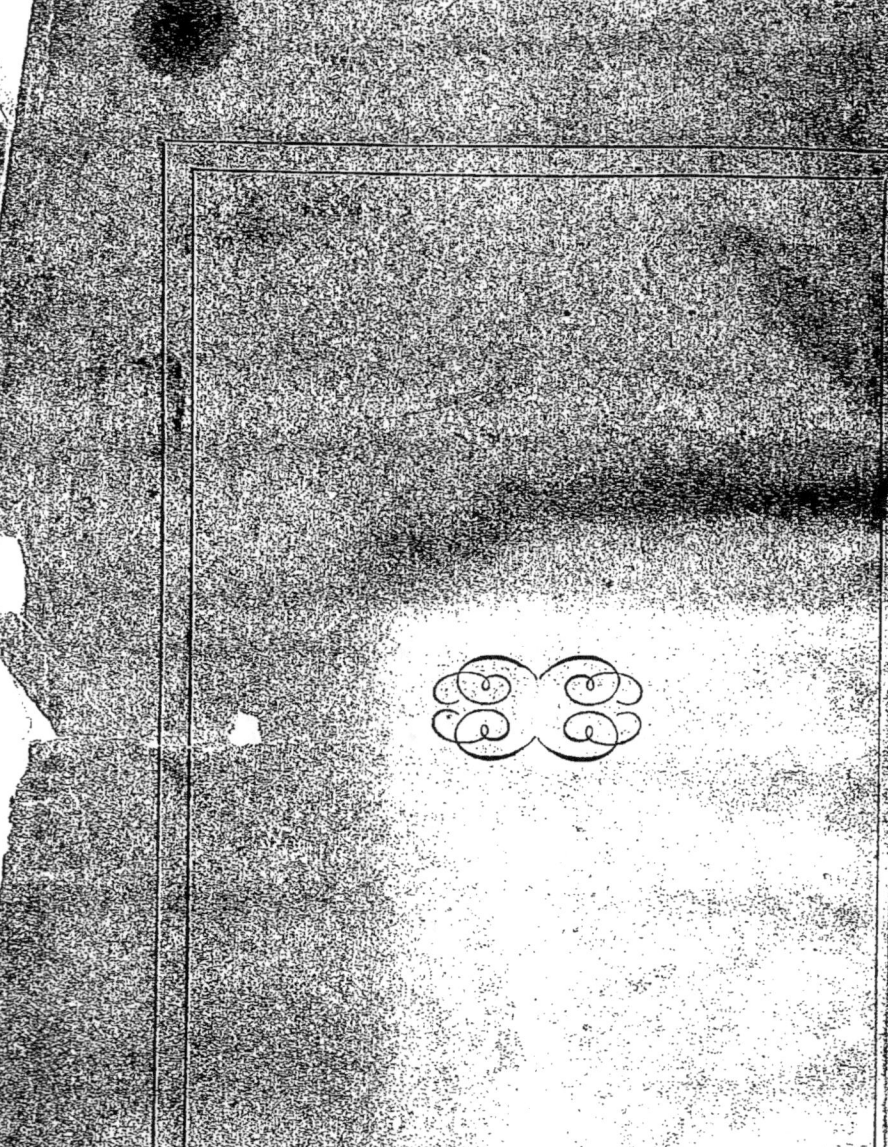

Paris. — Typ. AD. LAINE et HAVARD, rue des Saints-Pères, 19.